KB238449

마음의 중심으로
살아가기

THE CALM CENTER
– **Reflections and Meditations for Spiritual Awakening**
(An Eckhart Tolle Edition)

마음의 중심으로
살아가기

스티브 테일러 지음 ı 에크하르트 톨레 엮음 ı 김성훈 옮김

나무의마음

감사의 말

이 책에 지지와 열정을 보여준 에크하르트 톨레, 킴 엥, 마크 앨런에게 깊은 감사를 전합니다. 많은 유익한 제안과 논평을 해준 수전 밀러에게도 진심 어린 감사를 드립니다. 또한 편집 과정에서 소중한 조언을 해준 조너선 위크먼에게도 감사드립니다.

마지막으로, 제 책 『의미*The Meaning*』에 실렸던 여러 글을 이 책에 수록할 수 있도록 허락해준 출판사 오 북스 O Books에도 깊이 감사드립니다.

차례

고요하게 산다는 것

당신이 얼마나 종교적인 사람인지는 당신이 지닌 믿음의 본질과 그 강도 그리고 그 믿음을 자신과 얼마나 동일시하느냐에 달려 있다. 반면 당신이 얼마나 영적인 사람인지는 일상 속에 현존presence의 정도, 다시 말해 당신의 의식 상태에 의해 결정된다.

모든 영성의 본질은 현존이다. 그것은 생각을 초월한 의식의 상태이다. 당신의 생각과 감정 뒤에, 그리고 그 사이사이에는 하나의 공간이 있다. 그 공간을 알아차릴 때 당신은 현존하게 되며, 생각으로 이루어진 개인사, 곧 기억과 이야기로 엮인 '나'가 당신의 참된 정체성도, 당신 존재의 본질도 아님을 깨닫게 된다.

그렇다면 그 공간, 그 내면의 광활함이란 무엇일까? 그것은 고요함, 즉 마음의 고요한 중심이다. 부처는 이것을 수냐타Śūnyatā, 곧 공空이라 불렀고, 예수는 이것을 당신 안에 있는 '하늘의 왕국'이라 가리켰다. 그것은 먼 곳에 있는 무엇이 아니라, 바로 지금 여기, 이미 당신 안에 있다.

당신 안에서 현존이 점점 더 분명하게 깨어날수록 그것은 여러 가지 모습으로 드러난다. 내면의 평화, 공감과 인류를 향해 자연스럽게 흘러나오는 선의, 샘솟는 창조성, 삶이 살아 숨 쉬는 듯 고조된 생동감, 역기능적이고 강박적인 사고로부터의 자유, 그리고 지금 이 순간에 대한 깊은 감사. 이 모든 변화와 그밖에 수많은 변화들이 당신 삶의 질을 크게 향상시킨다.

현존은 또한 말과 글에 힘과 영감을 불어넣는다. 참된 영적 가르침은 모두 단어를 사용하지만, 그 단어들은 현존이라는 초월적 의식의 차원을 가리키는 표지일 뿐이다. 어떤 신비로운 방식으로 단순한 정보 전달을 넘어서는 특별한 힘을 지니게 된다. 그 힘은 현존을 반영하고 있다. 그 힘은 그 말을 듣는 사람들, 그 글을 읽는 사람들

안에서 현존을 일깨우거나 더 깊어지게 할 수 있다. 진정으로 영적인 책들은 모두 이러한 힘을 지니고 있다. 그래서 그런 책들은 몇 번이고 다시 읽게 되고, 또 읽고 싶어진다. 읽는 동안 당신 안에서 어떤 의식의 전환이 일어나기 때문이다. 당신은 그 순간, 어느새 현존의 상태로 들어가고 있는 것이다.

『마음의 중심으로 살아가기』는 바로 그런 보기 드문 책이다. 이 책은 장르로는 시에 속한다. 시는 고대부터 영적 진리를 표현하고 전하는 데 가장 알맞은 그릇으로 여겨져 왔다. 사실 많은 고대의 경전들은 시이거나, 혹은 시와 산문의 경계 위에 놓여 있다. 우파니샤드, 바가바드기타, 법구경, 도덕경 등 이 모든 경전은 본질적으로 시적인 텍스트들이다. 이러한 글들 속에서는 의미와 이미지, 소리와 리듬이 서로 어우러져 하나의 조화로운 전체를 이루며, 그 변화의 힘은 읽는 이나 듣는 이의 의식을 흔들어 깨운다.

또한 수피즘 전통에는 하피즈, 루미, 카비르, 아타르와 같은 위대한 신비 시인들이 있으며, 불교 전통에는 바쇼와 밀라레파가 있다. 기독교 전통에서도 십자가의 성 요한, 안겔루스 질레지우스, 그리고 마이스터 에크하르트와 같은 위대한 신비 시인들이 있다. 그들의 글은 이미지와 은유를 탁월하게 구사한 시적 산문이라 불러도 손색이 없다. 좀 더 최근으로 오면, 영적 차원은 워즈워스, 휘트먼, 릴케를 비롯한 수많은 시인들의 작품 속에서도 여전히 살아 숨 쉬고 있다.

스티브 테일러의 『마음의 중심으로 살아가기』는 영적 담론을 시로 전하는 고대의 전통을 오늘의 언어로 되살려낸 작품이라 할 수 있다. 이 책에 실린 거의 모든 시의 궁극적인 주제는 바로 읽는 이 자신의 의식 상태이다. 이 시들이 지닌 변화의 힘에 마음을 열고 천천히, 그리고 주의 깊게 읽어 나간다면 각각의 시는 당신 안에서 저마다의 방식으로 작용하며 미묘하지만 분명한 의식의 변화를 일으킬 것이다.

그 변화는 강박적인 사고가 만들어내는 정신적 소음에서 당신을 해방시키고, 현존이라 불리는 깨어 있는 내적 고요로 당신을 이끌 것이다. 그리고 그것은 당신을 영적 차원을 향해 눈뜨게 할 것이다. 이 시들을 거듭 되풀이해 즐겁게 읽는다면 그 효과가 점점 누적되어 당신의 삶을 변화시킬 것이다.

이 책을 한 권은 침대 머리맡에, 또 한 권은 직장이나 일터에 두기를 권한다. 그러면 아주 짧은 휴식 시간이라도 그때그때 영적인 자양분을 얻을 수 있을 것이다. 각 작품을 읽는 일은 그 자체로 하나의 짧은 명상이 될 수 있으며, 대개는 그 순간에 딱 한 편이면 충분하다.

나는 영성 수련회에서 스티브 테일러의 시 몇 편을 참가자들에게 소리 내어 읽어준 적이 있는데, 언제나 열렬한 호응을 받았다. 당신도 때때로 마음에 드는 작품을 골라 연인이나 배우자, 가족, 혹은 친구들과 소리 내어 읽어보기를 권한다. 그렇게 하면 듣는 이들뿐만 아니라 당신 자신도 큰 유익을 얻을 것이며, 인간관계 또한 한층 깊어질 것이다.

다만 한 가지, 상대가 열려 있고 받아들일 준비가 되어 있는지는 반드시 살펴보길 바란다. 아직 진주를 알아볼 준비도 되지 않은 이들에게 그것을 던지는 일이 되지 않도록 말이다.

나를 찾아 떠나는 이 즐거운 여행을 시작하기에 앞서 짧은 시 한 구절을 소개하고자 한다.

내가 당신에게 보여줄 수만 있다면,

당신이 어둠 속에 외로이 있을 때

당신 존재 그 자체에서 뿜어져 나오는

그 놀라운 빛을!*

이 보석 같은 짧은 시는 이 책의 어느 페이지에 있어
도 전혀 어색하지 않다. 하지만 이 시는 600년도 더 전
에 쓰인 것으로, '보이지 않는 세계의 혀'라 불린 위대한
페르시아 수피 시인 하피즈의 작품이다. 이 글은 현존에
서 비롯된 말이 시간을 초월한다는 사실을 아주 잘 보여
준다.

— 에크하르트 톨레,

『지금 이 순간을 살아라』,『삶으로 다시 떠오르기』의 저자

---

* Hafiz, "My Brilliant Image," I Heard God Laughing: Poems of Hope and Joy, trans. Daniel Ladinsky (New York: Penguin, 2006), 7.

오직 한 곳

미래는 두려움으로 가득하고
과거는 후회로 가득할 때,
현재가 아니면 무엇을 피난처로 삼을까?

괴로운 생각의 소용돌이에
이성의 끈을 놓칠 것만 같을 때
현재는 당신이 잠시 쉬어갈 수 있는
고요한 중심이다.

그곳에 가만히 머무는 동안,
당신을 괴롭히던 집요한 생각과 두려움은
한낮의 태양 아래에서 점점 줄어드는 그림자처럼
서서히 녹아 사라진다.
마침내 피난처조차 더 이상 필요 없게 될 때까지.

현재는

생각이 만들어낸 고통이

존재하지 않는 유일한 자리.

오직 지금, 여기뿐이다.

도전

당신이 시험받지 않는다면
자신이 얼마나 강한지 어떻게 알 수 있을까?

혼란이 당신의 표면을 깨뜨리고
당신을 깊이 잠수하게 만들지 않는다면,
자신이 얼마나 깊은지 어떻게 알 수 있을까?

당신 안에 잠들어 있는 것이 온전히 깨어나도록
당신 전체가 도전받지 않는다면,
그것이 무엇인지 어떻게 알 수 있을까?

그때 비로소 당신은 자신의 내면으로 눈을 돌려
자신의 자원을 그러모을 것이다.
아직 한 번도 써보지 않은 힘과 능력을.

그리고 당신은 태양처럼 떠오를 것이다.

자신 안의 밝은 빛에 놀라며

당신의 짐작보다 더 강하고

당신의 상상보다 더 깊다는 걸 알게 될 것이다.

신성한 불만족 (깨어남)

어느 순간 무언가 더 있다는 느낌이 들 때,

한때 당신을 만족시켰던 삶이 더 이상 충분하지 않게 느
껴질 때,

안정은 숨 막히게 느껴지고 즐거움은 맛을 잃을 때,

성공에 대한 꿈이 더 이상 당신에게 동기를 부여하지 못
하고

오락거리가 더 이상 즐거움이 되지 않을 때,

익숙함이 몸에 꽉 끼는 아주 낡은 외투처럼 숨 막히게
하고

오랜 일상의 반복이 당신을 점점 무디고 지치게 할 때,

이유를 알 수 없는 슬픔이 당신을 아프게 하고

채울 수 없을 듯한 미묘한 갈망이 느껴질 때,

낯선 에너지들이 땅속 깊은 곳에서 일어나는 지진의 전
조처럼 당신 안을 흔들고

발밑의 땅이 흔들리는 것을 느끼며
균형을 잃을까 두려워질 때,
그리고 스스로에게
‘내가 왜 이러지?’, ‘왜 나는 더 이상 행복하지 않지?’
이렇게 묻게 될 때,

두려워하지 말라.
당신에게는 아무런 문제가 없다.
이것은 불안도, 우울도 아니다.
이것은 신성한 불만족이다.
당신은 무너지고 있는 것이 아니라
통과하고 있는 중이다.

이것은 깨어남이다.
장막이 찢어지고
영혼이 열리는 순간이다.
번데기의 단단한 껍질을 통과해
당신의 진정한 자아가
천천히, 때로는 아프게 드러나고 있다.

낡은 세계는 뒤로 물러나고,

당신은 새로운 세계의 문턱에 서 있다.

방향을 잃은 것처럼 느껴질지도 모른다.

이 낯선 상태를 어떻게 이해해야 할지 모르겠다고 느낄

지도 모른다.

그러나 앞으로 나아갈 용기만 있다면

안내자는 나타날 것이고,

당신 앞에 길이 모습을 드러낼 것이다.

그리고 찬란한 모험이 시작될 것이다.

머지않아 이 풍요로움도 더는 당신을 놀라게 하지 않을

것이고,

이 태양의 찬란함도 더 이상 눈부시지 않을 것이며,

이 공간의 광대함에도 더 이상 압도되지 않을 것이다.

그리고 마침내 이 새로운 세상의 마법과 의미가

당신을 감싸 안을 것이다.

하늘이 되라

당신이 기억도 나지 않을 만큼 오랫동안
갇혀 있었던 이 감옥은,
너무도 견고하고 안전해 보이기에
이제는 탈출을 꿈꾸는 일조차 하지 않게 되었을지도 모
른다.
한때는 날개를 퍼덕이던 새가
지금은 그저 날개를 옆으로 늘어뜨린 채 가만히 있는 것
처럼.

그러나 당신을 가둔 그 쇠창살은 견고하지 않다.
그것은 쉼 없이 움직이는 당신의 마음이
두려움과 욕망으로 만들어낸 신기루이며,
당신이 그것들에 쏟은 관심을 먹고 자란 것일 뿐이다.

잠시만이라도 당신의 마음을 고요히 하고

두려움이 어떻게 증발하는지 지켜보라.

욕망이 더 이상 위협받지 않는 동물의 발톱처럼

어떻게 물러나는지도 지켜보라.

쇠창살이 녹아 사라지는 것을 지켜보고,

세상이 당신을 흠뻑 감싸 안도록 허락하라.

당신의 마음속 공간이 바깥의 공간과 합쳐져

구분도 경계도 없는 오직 하나의 공간만이 남을 때까지.

날개를 펼치고 하늘이 되라.

머릿속의 목소리

어느 날,

당신에게도 머릿속의 그 목소리에

질리는 날이 찾아올 것이다.

그 목소리는 끝없이 불만을 속삭이고,

미래에 대한 두려움을 키우고,

당신의 모든 선택을 의심하게 만들 것이다.

어느 날,

당신은 그 목소리를 향해 돌아서서

차분하게 말할 것이다.

"나는 더 이상 듣지 않겠다."

그리고 한 걸음 물러나

시선을 돌릴 것이다.

주변의 세계로,

혹은 그 목소리 바로 뒤에서 느껴지는

그 고요하고 광활함에
주의를 기울이게 될 것이다.

그 목소리는 자아도취에 빠져
처음에는 자신이 무시당하고 있는지도
알아차리지 못할 것이다.
그리고 계속해서 혼잣말을 하듯 떠들어댈 것이다.
당신은 여전히 그 불평과 비난을 듣게 되겠지만
그것들은 더 이상 당신을 설득하지 못할 것이다.
당신은 그 목소리를 의심하고, 비웃고, 거부하게 될 것
이다.

그리고 점차 당신의 관심이라는 연료가 사라지면
그 목소리는 머뭇거리기 시작하고,
비틀거리며 느려지고,
공간을 남기게 될 것이다.

마침내,
자신을 내세우며 들어달라 요구하고,

현실의 나머지를 모두 집어삼킬 듯하던 그 거만한 목소
리는
부드러운 미풍처럼 작은 속삭임이 되어
고요의 일부처럼 느껴질 것이다.

중심

온전한 자신이 되는 데에는 한평생이 걸릴 수도 있다.

방향을 잃고 떠도는 느낌과

외로움 속에서 보내는 수년의 시간,

원래 내 것이 아닌 역할을 연기하고,

생각에도 없던 말을 더듬거리며 말하며,

몸에 맞지 않은 옷을 입은 채

아무 문제없는 척 자신을 꾸며보려 하지만

마치 남의 집에 머물고 있는 이방인처럼

언제나 어색하고 부자연스럽게 느껴진다.

당신도 안다.

낯설어하는 당신의 모습을 모두가 눈치 채고 있음을,

당신이 왜 여기 있는 거냐며 수군거리고 있음을.

하지만 천천히, 오랫동안 탐색을 하다 보면

눈에 익은 표식들이 보이기 시작한다.

그리고 의미 있는 희미한 속삭임도 들린다.

마치 스스로 이미 내뱉은 적 있는 것처럼 이상하게 익숙
한 말들을 듣고,

이미 알고 있었던 것처럼 깊은 곳에서 울림을 주는 생각
들을 만나게 된다.

그렇게 서서히 확신이 자라면서

당신은 올바른 방향을 감지하고, 걸음은 더 빨라진다.

집을 향한 자기장의 끌림을 느끼면서.

그리고 이제 당신은 겹겹이 쌓여 있던

조건화의 층들을 걷어내기 시작한다.

허약한 거짓 자아의 껍질을 벗어버리고

밖에서 흡수해온 습관과 욕망들을 내려놓고

마침내 견고한 암반 아래,

당신 안에서 빛나는 존재의 자리에 이르게 된다.

이제 더 이상 불확실함은 없다.

당신의 길은 분명하고, 당신의 방향은 정해져 있다.

이 존재의 기반은 너무도 단단하고 안정적이어서

더 이상 누군가의 인정을 필요로 하지 않고,

배제되거나 조롱당할 것에 대한 두려움도 없다.

당신이 하는 모든 것은 옳고 참되며,

깊고 온전하다.

그 모든 것에는 진정성이 깃들어 있다.

하지만 멈추지 말라. 이것은 중간 지점일 뿐.

어쩌면 시작에 불과할지도 모른다.

중심에 도달한 뒤에도

계속 탐색하되 더 미묘하게,

계속 파헤치되 더 섬세하게 나아가라.

그러면 새로운 층이 드러나고, 새로운 깊이를 찾아낼 것

이다.

마침내 점이 아닌 점에 이르러

중심은 해체되고,

단단한 암반은 얼음처럼 녹아내릴 것이다.

그곳에서 자아는 그 경계를 잃고

확장되어 전체를 끌어안는다.

아무것도 아니기에

더 강하고 더 참된 자아.

버리기 위해

반드시 찾아야 했던 자아.

비밀들

비밀은 움켜쥘 수 있는 것이 아니다.

땅에서 캐내거나

공기 속에서 따낼 수도 없다.

더 꼭 움켜쥐려 할수록

그것은 형태를 잃고

당신의 손가락 사이로 빠져나간다.

물질을 끝없이 쪼개

가장 미세한 입자까지 분해해

마침내 아무것도 아닌 것으로 만들 수는 있어도,

그 본질은 여전히 당신의 손이 닿지 않는 곳에 있다.

자연을 붙들어 몰아붙일 수는 있겠지만,

자연은 자신이 아는 것을 결코 말해주지 않는다.

힘으로는 안 된다.

심지어 노력으로도 안 된다.
당신이 할 수 있는 일은
오직 올바른 조건을 만들어주고
주의를 바깥에서 거두어
그 빛을 안으로 돌리고,
내면에 신성한 공간을 마련하는 것뿐이다.

당신의 마음을 구름 한 점 없는 하늘처럼 비우고,
호수의 수면처럼 잔잔하게 하라.
그러면 당신의 깊은 곳에 충만한 고요가 깃들고
통로는 넓고 맑아진다.
그 순간,
비밀들은 그 통로를 따라 흘러와
스스로 당신에게 자신을 드러낼 것이다.

이야기

당신의 이야기는 언제나 그 자리에 있다.
당신이 방향을 잃거나 취약해진 기분이 들어
자신이 누구인지 새로이 떠올릴 필요가 있을 때마다
언제라도 잠시 들어가 헤엄칠 수 있는 개울처럼
당신의 이야기는 곁에서 흐르고 있다.

그 기억의 개울물과 함께 흘러가다 보면
당신은 이 눈부신 성취의 순간에 이르기까지
얼마나 먼 길을 왔는가 싶어
뿌듯함을 느끼거나,
상류를 돌아보며 당신을 무시하고 의심하던 이들을 떠
올리며
그 어리석음에 대해 내가 옳았다고 미소 지을 수도
있다.

혹은 실패로 인해 가슴 저리는 아픔을 느끼며
아무 데도 이르지 못한 채 구불구불 떠돌다가
이 고통의 장소로 흘러들어오게 한
진흙탕 길을 되돌아볼 수도 있다.

이야기에 따라 당신은 영웅이 될 수도 있고,
악당이 될 수도 있다.

혹은 그 개울이 그냥 흘러가도록 두고,
과거나 미래를 기준 삼지 않은 채
이 순간을 그 전체성 속에서 받아들일 수도 있다.

당신은 이야기 바깥에 앉아
등장인물이 아니라 작가로서
그 이야기를 관찰할 수 있다.
한 번도 만들어진 적 없는 다른 정체성에 발 딛고서
또 다른 정체성에 뿌리내린 채로.
이 정체성에는 줄거리도, 결말도 필요 없다.
이미 그 자체로 완전하기 때문이다.

주의의 연금술

당신의 마음이 끝없이 증식하는 생각의 안개로 가득 차
거나,
연상이 연상의 꼬리를 물고
이미지들이 서로 밀치며 기억들이 소용돌이치듯
내면의 공간을 가로질러 자유낙하할 때에도,
당신은 언제나 지금 이 순간으로 돌아올 수 있다.

오늘 아침,
아이들을 위해 아침을 준비하다가
나는 멍하니 공상에 잠긴 나 자신을 알아차리고
부드럽게 마음을 다독이며
내가 지금 어디에 있는지 상기시켜주었다.
그러자 곧바로 어수선하던 부엌 풍경은 넉넉한 현존으
로 바뀐다.

지나가는 구름에 따라 밝아졌다가 옅어지는 빛,

바닥 위에 드리운 사각형의 햇살 조각들,

햇빛에 반짝이는 식기의 금속 테두리,

컵 위로 맴도는 수증기,

햇빛을 반사하는 은수저,

흘린 커피 알갱이들이 만드는 완벽한 정지,

노랑과 파랑으로 화려한 세제 병,

햇빛에 드러난 창문의 얼룩들까지.

모든 것이 완벽하게 고요하고,

모든 것이 완벽하게 실재하며,

모든 것이 그 자체로 완전하다.

주의는

무미건조함을 아름다움으로,

불안을 평안으로 바꾸는

하나의 연금술이다.

영적 스승

스승이 말했다.
"이 세상에서는 행복을 찾을 수 없습니다.
세상은 불완전한 곳입니다. 그래서 고통으로 가득하
지요.
당신은 이 세계를 넘어 영적인 영역으로 가야 합니다.
충만함은 그곳에 있습니다."

그의 눈에는 이 세상을 초월한 듯한 광채가 감돌았다.
세속에 머물기에는 너무 고귀한,
마치 다른 차원에서 온 존재 같았다.
그는 이 세상에 잠시 들렀을 뿐 머물고자 하는 욕망은
없는 사람처럼 보였다.

"육신은 껍데기에 불과합니다."
스승은 말을 이었다.

“영혼이 잠시 거쳐 가는 탈것에 불과하지요.

욕망에 탐닉할수록

영혼은 점점 더 약해집니다.”

나는 모임에서 나와 하늘을 올려다보며 거리를 거닐

었다.

공원을 지나 산책로를 따라

흔들리는 나뭇가지 아래로 걸었다.

그리고 나는 영혼의 말소리를 느꼈다.

나무들의 고요한 감각을 통해,

바람의 부드러운 속삭임을 통해,

바다의 철썩임과 출렁임을 통해,

구름의 매끄럽게 흘러가는 움직임을 통해.

풀잎 하나하나, 바다의 파도 하나하나,

구름, 돌멩이, 공기의 입자 하나하나가

저마다의 의식으로 빛나고 있었다.

미묘하게 지각하고 고요하게 생동하며,

언제나 거기에 있었지만 일상의 인식 범위를 넘어선
비밀스러운 주파수 속에서.

나는 영혼의 경이로운 힘이 세상으로 쏟아져 들어와
모든 것에 스며들고 있음을 느꼈다.
나는 마음을 열어 그 힘이 나를 감싸도록 내버려두었고,
그 교감의 일부가 되었다.
내 온몸이 영혼의 기운으로 따끔거리며 반짝였다.

그리고 나는 다시는 그 스승을 보지 못했다.

충격

불만을 느낄 이유는 너무도 많고

채워야 할 욕구도 끝이 없다.

쉬지 않고 이루어야 할 목표들은 계속 생겨나고

고치려 애써야 할 문제들은 쌓여 간다.

바꾸고 싶은 과거 또한 너무 많고

미래에 대한 두려움 또한 헤아릴 수 없다.

그러니 당신이 압도당하는 느낌이 드는 것도 당연하다.

마치 너무 많은 짐을 짊어진 채

너무 많은 갈림길 앞에 선 여행자처럼,

쉬기 위해 어쩔 수 없이 계속 멈추다가

마침내는 더 이상 가지 못하고 무너져 주저앉고 만다.

어찌 감히 행복을 꿈꿀 수 있겠는가.

삶은 너무 고되고 복잡한데.

그러다 어느 날,
예기치 못한 병이나 사고라는 손님이 찾아온다.
죽음이 등 뒤로 다가와 뒤통수를 세게 후려치며
당신을 무기력한 꿈에서 깨운다.
그 순간,
안개가 걷히고
당신은 비로소 자신이 걷고 있던 아주 좁은 벼랑길을 보
게 된다.
당신이 늘 걸어오던 그 길,
삶과 죽음 사이에 놓인 바로 그 길을.

그리고 이제 모든 것이 갑자기 단순해지고 완벽하게 이
해된다.
삶은 덧없고 취약하며,
값을 매길 수 없을 만큼 소중하고,
삶에는 지금 이 순간 말고는 아무것도 없다는 사실을.
아름답게 빛나는 이 경험의 강물만 흐를 뿐이라는 사
실을.

그러자 그 모든 욕구들은 더 이상 당신을 괴롭히지

않고,

죄책감과 두려움은 더 이상 당신을 물어뜯기를 멈추고,

과거의 유령들은 더 이상 당신을 겁주지 못한다.

걱정할 것도, 두려워할 것도 없다.

모든 것이 지워지고

이 순간의 영광과 세상 그 자체의 장엄함만 남는다.

그리고 당신은 안다. 이것이 전부라는 것을,

충만함은 바로 여기에 있다는 것을,

그 밖의 모든 것은

마음이 만들어낸 그림자놀이에 불과하다는 것을.

빛 (서로 다른 등불로부터)

나는 하늘을 가로질러 빛이 터져 나오는 것을 보았다.
구름 뒤에서 꽃잎이 피어나듯
온 세상이 조화롭게 물들어
새벽의 바다처럼 은은히 반짝였다.

나는 마음속에서 빛이 밝아지는 것을 보았다.
내면의 어둠을 가르며 스며든 그 빛은
어느 고요한 지점에서
마치 순백의 물웅덩이처럼 고였다.

나는 내 아이의 눈을 통해 빛이 비치는 것을 보았다.
조건 없는 사랑으로 반짝이는
수정 같은 두 개의 눈동자가
우주의 황금 심장부에서 곧장 흘러나온 것처럼 빛을
낸다.

모든 것을 감싸 안으며

모든 곳에서 발현되는,

빛 그 자체의 빛.

가면

세상과 마주하기 위해

스스로에게 가면을 씌우지 말라.

당신의 삶을 너무도 능숙하게 연기하고,

늘 상냥하고 매력적이며

항상 사람들의 주목을 끌게 하는 가면을.

당신은 단 한 순간도 가면을 벗을 수 없다.

혹시라도 진짜 당신의 얼굴이 드러나

사람들이 속았음을 알아차리고

그들의 애정이 조롱으로 바뀔까 두려워서.

가면은 삶을 더 편하게 만든다.

수많은 인상과 생각과 감정의 폭풍이 몰려와

당신을 혼란스럽게 하고 압도할 수 있지만,

당신은 가면 뒤에서 그 보호를 받으며 굳건히 버틸 수
있다.

차갑고 금속 같은 방패처럼
세상을 그대로 반사해 되돌려 보내고,
다가오는 고통을 튕겨낸다.

더 쉬운 길도 있다.
뒤로 한발 물러서서 지켜보는 게 아니라
자신이 연기하는 역할 그 자체가 되어
자신이 한때 다른 사람이었다는 사실조차 완전히 잊는
것이다.

하지만 가면은 결코 자라지 않는 아이와 같다.
스스로 설 수 없고 언제나 의존적이다.
당신은 끊임없이 주의를 기울여 그것을 먹여 살려야 하
고, 침묵이나 고독과는 절대 마주치지 않게 해야 한다.
그 둘은 가면을 위협하는 두 포식자이기 때문이다.

그리고 마침내 더 이상 그 노력을 지속할 수 없게 되면
가면은 결국 무너지고 만다.
힘든 하루를 마치고 지친 부모처럼 그 자리에 주저앉

는다.

그때 비로소 당신의 진정한 자아가 자유롭게 풀려난다.

오랜 감금에 말을 잃은 채

밝은 태양에 눈이 부시고,

삶의 복잡함에 비틀거리며,

무방비 상태로 벌거벗은 채 공포와 환희를 동시에 마주
한다.

그러면 세상은 당신을 신뢰할 것이다.

사람들은 당신을 환영하고,

당신 주변 사람들 또한

서서히 자신들의 가면을 벗기 시작할 것이다.

그때 당신은 느낄 것이다.

가면이 만들어낸 연약한 분리막 너머로

깊고 풍요로운 흐름과 연결되는 자신을.

당신이라는 존재의 풍요로움이

다른 존재와 삶 그 자체의 풍요로움을 향해 열리고

당신이라는 존재의 온전함이

삶 그 자체의 온전함을 향해 열리고 있음을.

문제가 앞에 보일 때

문제가 앞에 보일 때

오래전 헤어진 친구를 만나러 가듯

서둘러 앞으로 나아가지 말라.

그 자리에 그냥 두고 기다리게 하라.

만날 시간이 될 때까지 잠들어 있게 하라.

그러다 때가 오면 필요한 만큼만 주의를 기울이고,

할 수 있는 한 최선을 다해 해결한 뒤

그 자리에 남겨 둔 채 뒤돌아보지 말고

다시 가던 길을 가라.

아니면 약속 시간이 되었을 때조차

당신은 기다리고, 또 기다리고, 계속 기다리게 될지도

모른다.

그러다 문득 깨닫게 된다.

착각이었다는 것을.

문제는 애초에 없었고,

당신의 생각이 드리운 길고 가느다란 그림자 하나만 있

을 뿐이라는 것을.

투쟁

투쟁은 좀처럼 끝날 기미가 없다.

마지막 파도가 마침내 지나갔다고

이제야 긴장을 풀고

경계를 풀고 주위를 둘러보려는 순간,

이미 또 다른 파도가

저 멀리서 일렁이며 당신을 향해 밀려온다.

당신은 한숨을 쉬며 다가올 고통에 마음의 준비를 단단

히 한다.

그리고 고통의 전율이 다시금 뼛속까지 스며든다.

부처의 말은 틀리지 않았다.

삶은 어두운 무지개다.

수없이 많은 서로 다른 고통의 색조들로 이루어진.

마음속 깊이 단단히 똬리를 틀고 있어 풀어내기는커녕

어디 있는지조차 알 수 없는 트라우마,

과거로부터 메아리치는 실패들,

차츰 모습을 드러내는 미래에 대한 두려움,

뿌리 깊게 박혀 도저히 떼어낼 수 없는 자기 파괴적인

생각들,

오작동하는 신경세포와 치솟는 호르몬,

과민해지거나 들뜬 신경 말단들,

굶주린 아이들처럼 관심을 달라며 소리치는 수많은 요

구들,

뇌를 사정없이 두드리며 혼란스럽게 만드는

끝없는 정보의 흐름들.

만족은 불안정한 휴전 상태일 뿐,

언제든 깨질 수 있는 위태로운 균형이다.

하지만 때때로 파도와 파도 사이에

아주 짧은 순간이 있다.

그때 시간은 원자처럼 갈라지고,

당신은 갑자기 슬픔 너머로 떠오른다.

불안이 사라져버린,

찬란한 모자이크의 일부로서,

타오르는 조화의 교향곡 속에서

당신은 완전히 조율되어 하나가 된다.

그 조화가 곧 당신이며, 당신을 통해 연주되고 있다.

결국은 다시 내려와야 하겠지만,

그때마다 파도는 조금씩 힘을 잃고

괴로움은 점점 실체를 잃는다.

마치 거의 속이 들여다보일 듯한 유령처럼

더 가볍고, 더 희미해진다.

해야 한다는 강박

무언가를 해야 한다는 강박은
좀처럼 멈출 줄 모른다.
일정이 텅 비어 있고
부족했던 부분들이 모두 마무리되었을 때조차,
모든 프로젝트를 잘 마무리했는데도
이제는 잠시 쉬고 성과를 음미할 자격이 충분하다는 걸
스스로 알고 있을 때조차,
그 강박은 당신을 쉽게 두지 않는다.

강박은 결코 만족을 모른다.
식욕이 왕성한 동물처럼
모든 활동을 집어삼킨 뒤 또 다른 먹잇감을 찾아 나
선다.
아침에 눈을 뜨는 순간부터 그것은 당신과 함께 있고,
하루 종일 끈질기게 재촉하며 등을 떠민다.

때로는 밤에도 잠을 깨워 속삭인다.

"아직도 할 일이 너무 많아."

오늘 해내지 못한 것들을 떠올리게 하고,

내일 해야 할 일들을 상기시킨다.

해야 한다는 강박은

이 모든 활동이 반드시 필요하다고 당신을 설득한다.

현재는 오직 미래를 위해 존재하고,

순간은 채워야 할 빈 공간이며,

시간은 적이고 삶은 끊임없는 전투이며,

모든 성취, 심지어 하나의 일을 끝내는 것마저 작은 승

리라고.

하지만 이 강박에 끌려다닐 필요가 없다.

어쩌면 당신은 이미 충분히 해냈는지도 모른다.

어쩌면 이제 더 할 일은

필요한 것 말고는 없을지도 모른다.

어쩌면 또 다른 성취는

이미 이룬 것들을 오히려 희석시킬지도 모른다.

굳건히 서서 그 충동을 거부하라.
한 발 물러서서 기세가 사그라지도록 내버려두라.
힘을 빼고 강박이 당신을 스쳐 지나가게 하라.
그리고 기차가 속도를 늦추다 마침내 멈추듯,
부드럽게 자신을 멈춤 상태로 이끌어라.

그러면 당신의 삶은 사방으로 펼쳐진 풍경처럼 열리고,
시간은 더 이상 시간이라 부를 수 없을 만큼 확장되어
오직 끊김 없는 공간만이 자유롭게 흘러갈 것이다.

그때 해야 한다는 강박은 물러가고,
존재의 편안함과 우아함이
그 자리를 대신할 것이다.

추락

때때로 생각과 생각 사이에 하나의 공간이 열린다.
연상의 가느다란 실타래가 꼬리를 물며 이어지다 끝나고
마음이 잠시 멈춰 서서
다음 이야기를 무엇으로 엮을지 살피는 순간,
아주 미세한 틈, 겨우 몇 밀리미터에 지나지 않는 간극
이지만,
당신은 그 생각들 사이로 떨어지고 있는 자신을 발견할
지도 모른다.
마치 사다리의 발판 사이로 미끄러지듯이
처음에는 두려움에 사로잡혀
곧 땅바닥에 부딪힐 것이라 여기며 몸을 잔뜩 움츠리지만
이내 깨닫는다. 땅이 없다는 것을.

그 아래로 끝없이 펼쳐진 텅 빈 공간을 느낄 수 있지만
불안도, 현기증도 없다.

당신은 추락하고 있는 것이 아니라,
내면의 우주에서 우주비행사가 되어
중력의 지배를 벗어나 유영하고 있다.

당신이라는 존재의 광대함에 경탄하며
힘을 빼고 그 품에 몸을 맡겨라.
뇌와 육신을 넘어
어떤 정체성도 없는 존재가 되어
어디에도 닿지 않으면서 어디에나 뻗어 있고,
움직이지 않으면서 어디에나 떠 있게 될 것이다.

바다

바다로 걸어 들어가는 일은 너무도 자연스럽게 느껴
진다.
생명의 근원으로 되돌아가는 일,
연인의 품으로 걸어 들어가
하나 됨 속으로 녹아드는 일처럼.

파도는 파도 위에 겹쳐
쉴 새 없이 몰아치며
나를 부수고 또 입 맞춘다.
차갑게 솟아오르는 산맥처럼
눈 덮인 산꼭대기의 눈사태처럼
채찍질하듯 휘몰아친다.

바다는 깨달은 존재처럼 마음을 고요히 가라앉힌다.
그 포효 속에서 모든 소리를 잠재우고,

문제들은 하찮은 것으로 줄어들며,
생각들은 머나먼 속삭임으로 흩어진다.

바다에서는 모든 대립이 무너진다.
얼음처럼 차가운 용암이 부글거리며 끓어오르고,
채찍 같은 파도가 부드럽게 어루만지며,
완전한 고요의 포효가 울린다.

그리고 나는 바다의 의식을 느낀다.
살아 있는 존재의 차가운 어루만짐을,
지구의 피부 위로 부풀어 오르는 생명체가
숨을 들이쉬고 내쉬고 있음을.

공간

공간이 없다면 음악은 존재하지 않는다.

그저 불협화음의 소음만이 있을 뿐.

공간이 없다면 언어도 존재하지 않는다.

의미 없는 소리만이 남을 뿐.

공간은 의미의 패턴을 엮고,

혼돈 속에 질서를 불어넣으며,

형태의 조화를 통해 구조를 하나로 붙들어 둔다.

공간이 없다면 삶 또한 의미를 잃는다.

끊임없는 활동의 포효 속에서

수많은 요구들에 빽빽이 둘러싸여 관점을 잃고,

책임들에 짓눌려 방향을 잃고,

마침내는 자기 자신마저 잃고 만다.

하지만 공간이 당신의 삶 전체에 스며들면

형태들이 나타나기 시작하고,

패턴이 서서히 드러나며,

텅 빈 배경 위에서 시야는 한층 또렷해진다.

그때 당신은 다시 자신의 목적을 느끼고 본래의 길로 돌

아온다.

그리고 공간이 당신의 존재에 스며들 때,

마치 평온의 강이 당신을 관통해 흐르는 것처럼

내부의 불협화음은 치유되기 시작하고,

혼돈은 서서히 가라앉는다.

당신은 비워지면서 동시에 확장되어

광대하고 온전해지되

어떤 한계도 없는 존재가 되고,

그 광대한 존재의 장은

조화와 의미로 가득 차게 된다.

미소

가혹한 실망의 순간,
당신이 품었던 희망이 환상이었음을 깨닫고
자신의 순진함에 부끄러워하며,
세상이 당신을 오래도록 속여왔다고 분노하고,
이 어리석은 게임이 이토록 오래 계속되도록
내버려두었다는 사실에 화가 날 때,

망상의 필터를 걷어낸 채 바라본 미래가
더없이 암울하고 삭막하게 느껴지고,
삶의 잔해를 둘러보며
과연 자신이 스스로 믿어왔던 그 사람이었는지 의문이
들 때,

어쩌면 이 모든 것에 속하지 않은
당신의 일부를 느낄 수 있을지도 모른다.

그것은 혼돈에 휩쓸리지 않은 채

이 정신적 폭풍의 바깥에 서서

무너진 잔해와 먼지구름 너머를 조용히 바라보며

미소 짓고 있다.

이 파괴가 겉모습에만 상처를 입혔을 뿐 그 본질은 멀쩡

하다는 것을,

잔해가 모두 걷히고 나면

그 안에는 더 많은 공간이 생겨

당신의 본질이 한층 더 밝게 빛나게 되리라는 것을 알

기에.

그럴 필요는 없다

최고의 사치품으로 당신을 치장할 필요는 없다.

모든 것에서 최고를 누리며 스스로를 대접할 필요도

없다.

금속 재질의 냉장고와 명품 가방,

시즌마다 유행하는 색깔과 올해의 자동차로

다른 사람들에게 당신이 특별하다는 것을 보여줄 필요

는 없다.

우울할 때마다 매일 기쁜 소식을 찾아

기분을 달래려 할 필요도 없다.

기쁨을 느끼기 위해

칭찬이나 선물,

혹은 건너편에서 누군가 던지는 유혹의 미소도 필요

없다.

뇌세포를 자극하기 위해

매시간을 쾌락으로 채울 필요도 없다.

남의 눈길을 끌거나 친구의 호감을 잃지 않기 위해
매력적인 사람, 재미있는 사람, 세련된 사람으로 보이려고
옳은 말만 할 필요도 없다.
가식을 떨거나 스스로를 증명해 보일 필요도 없다.
타인에게 존경을 받아야만
스스로를 존중할 수 있는 것도 아니다.

라디오와 텔레비전의 잡담으로
침묵을 덮을 필요도 없다.
쓸모없는 일이나
아무 의미 없는 말,
목적 없는 일들로 빈 공간을 채울 필요도 없다.
채움을 위한 채움은 필요 없다.

당신에게 필요한 것은
그저 당신 자신을 만나는 일뿐이다.
그러면 내면의 불협화음은 사라지고,

그 아래 숨어 있던 고요를 발견할 수 있다.

당신이 이미 온전한 자신인 그 자리,

더 이상 무언가 찾을 필요도, 애쓸 필요도 없는 곳,

왜냐하면 그곳은

애초에 그럴 필요가 없는 곳이기 때문이다.

생각이 끊어진 한 순간

생각이 끊어진 한 순간,

배경의 소음이 사라지고

나는 문득 듣는다.

소리와 소리 사이의 침묵을,

소리 아래에 있는 침묵을.

모든 소리가 바다의 파도처럼 솟아나는 그곳.

생각이 끊어진 한 순간,

안개가 걷히고

세상은 투명한 빛으로 가득 찬다.

새로운 차원의 세밀함,

선명함과 색채와 깊이로 채워진다.

생각이 끊어진 한 순간,

이 교외의 거리들은

티 하나 없이 새로 태어난 세계가 된다.

아침이슬에 빛나는 정원처럼,

창조 다음 날의 아침처럼,

마치 익숙함이라는 껍질이 떨어져 나가고

벌거벗은 원초적 존재만 남는다.

생각이 끊어진 한 순간,

나는 더 이상 분리되어 서 있지 않다.

더 이상 섬이 아니라 바다의 일부가 된다.

더 이상 멈춰 있는 중심이 아니라

흐르는 강물의 일부가 된다.

생각이 끊어진 한 순간,

기차는 역과 역 사이에서 멈추고,

사실은 어떤 움직임도, 어떤 선로도 처음부터 없었다.

웜홀이 무한히 팽창하는 듯한 순간,

좁은 문을 통과하자 끝없이 펼쳐진 평원이 나타나는 것

처럼,

현재의 파노라마가 펼쳐진다.

그리고 생각이 끊어진 이 새로운 세계는

낯설지도, 생소하지도 않다.

공기 사이로 자비가 스며들고,

부드럽게 반짝이는 에너지가 모든 공간을 채우며,

햇빛은 영혼의 빛처럼 은은하게 빛난다.

가장 깊고, 가장 가까우며, 가장 따뜻한 자리,

내가 뿌리를 내린 바로 그곳이다.

생각할 필요는 없다

생각할 필요는 없다.

행동하기 전에 미리 예측하고,

행동하는 동안에는 계속 해설을 붙이고,

행동이 끝난 뒤에는 그 일을 재생하면서

동시에 타인의 행동을 지켜보고

비판할 필요도 없다.

이미 수십 년 전에 사라져버린 일을 두고

자신과 싸울 필요도 없고,

여전히 상처와 분노를 불러일으키는

오래된 굴욕을 되살릴 필요도 없다.

당신의 은밀한 욕망을 충족시키기 위해

상상의 세계를 꾸며낼 필요도 없다.

마음이 소용돌이치며

불필요한 불화를 만들어내고
소중한 에너지를 낭비하는 동안,
그 옆에서 무기력하게 지켜볼 필요도 없다.

생각할 필요는 없다.
오직 생각이 필요할 때만
의식을 끌어와
숙고하고, 분석하고, 정리하거나,
혹은 자유로운 상상을 하며
의식 아래 잠재적 흐름으로부터 아이디어와 통찰이 떠
오르게 하라.

생각은 도구여야 한다.
필요할 때 집어 들었다가
쓰고 나면 다시 내려놓아
우리를 방해하지 않게 해야 한다.

그럴 때가 아니면 생각이
당신의 마음에 본래 존재하는 자연스러운 고요를 흐트

러뜨릴 필요는 없다.

경험의 순수함을 희석시킬 필요도 없고,

해석을 통해 현실을 왜곡할 필요도 없으며,

현재를 과거와 혼동하게 만들 필요도 없다.

또한 당신 내면의 고요한 일부에서 부드럽게 흘러나오

는 충동들을 방해할 필요도 없다.

그 고요는 당신이 스스로 안다고 생각하는 것보다 더 잘

알고 있기 때문이다.

애씀을 멈출 시간

이제 애쓰는 일을 멈출 시간.

눈을 가린 채 달리는 말처럼

앞으로만 돌진하는 것을 멈출 시간.

이제 밀어붙이기를 멈출 시간.

당신이 앞으로 나아가지 못하는 이유는 단 한 가지,

노력이 부족하기 때문이라 확신하며

패배를 인정하지 못한 채

광기 어린 탐험가처럼 계속 몰아붙이는 것.

이제 그것을 멈출 시간.

이제 내려놓을 시간.

무언가가 되기 위한 끝없는 투쟁을 멈추고

여기까지라는 것을 받아들일 시간.

더 얻을 것도, 더 잃을 것도 없고,

지금 충만하지 않다면

어떤 순간도 결코 충만하지 못하며,
지금 이 순간과 화해할 수 없다면
당신은 언제나 전쟁 속에 있을 것이라는 사실을 받아들
일 시간.

이제 애쓰는 일을 멈출 시간.
세상을 내 뜻대로 휘두르려 하거나
운명을 내 욕망에 맞게 얽매려 하지 않고,
봄처럼 느리고 자연스러운 은총 속에서
삶이 스스로 펼쳐지도록 허락할 시간.

이제는 거슬러 헤엄치는 일을 멈추고
강물에 몸을 내맡길 시간.

그처럼 쉽게 흘러갈 수 있는데
왜 애써 거슬러 오르려 하는가.

스스로를 잃어버렸을 때

시간을 어떻게 보내야 할지 몰라

불편한 공허함을 메우기 위해

서둘러 약속을 잡고 있는 자신을 발견할 때,

다른 누군가가 되고 싶다는 생각에 사로잡혀

잡지 속 사진을 부러운 눈길로 바라보며

더 나은 것, 더 많은 것을 갈망할 때,

뭔가 잘못되었다는 느낌은 분명한데

그게 무엇인지 꼬집어 말하지 못한 채

혼자 있음이 초조하게 느껴지고

마치 방안이 안절부절못하는 유령들로 가득 찬 것처럼

느껴질 때,

마음이 자꾸 미래의 꿈에 매달려

주말을 지나치게 고대하고,

소음과 활동 속에 몸을 맡기고

모든 것을 잊고 싶어질 때,

그것은 당신이 스스로를 잃어버렸다는 신호다.

걱정과 책임감의 안개가

당신의 마음속에서 소용돌이치며

존재의 따뜻함과 빛,

그리고 넓고 환한 광채 사이를

가로막고 있다는 신호다.

그것은 또한 당신이 스스로를 너무 몰아붙인 나머지

여름의 강줄기처럼 말라버려

바다와 만날 수 없게 되었다는 신호다.

소음과 스트레스로부터 벗어나기 위해

당신은 아무것도 할 필요가 없다.

아무것도 하지 않아야 한다.

그러면 안개가 걷히고,

당신의 존재가 고요 속에 자리를 잡고,

끊어졌던 연결은 저절로 다시 이어질 것이다.

밤은 살아 있다

나는 옅어진 어둠 속에서 잠이 깬다.
이 회색의 기하학적인 거리들을 가득 채운
주황색 가로등 빛을 뚫고 들어올 만큼 강한 별은
몇 개뿐이다.

하지만 밤은 살아 있다.
땅에서 하늘에 이르는 공간은
타닥거리며 튀는 전기적 안개로 가득 차 있다.
입자들이 회전하고 충돌하며
존재 안팎을 오가며 엮인다.

창조의 첫 순간부터 지금 이 순간에 이르기까지
모든 순간을 감싸 안고 있는
우주적 광휘의 쉿쉿거림.
이 끝없는 바다를 가로질러 헤엄치는

흩어진 모든 원자들은

자신들이 본래 하나임을 노래하고 있다.

황야

현실을 마주하려면 용기가 필요하다.

회피 속에 사는 것은 너무 쉽다.

미지근한 유흥의 불빛 속에서 표류하며

산만함의 흐릿한 안개 속에서 자신을 잃어버리고,

끝없이 이어지는 활동의 흐름 속에 떠내려가며

늘 무언가에 빠져 바쁘게 지내다 보면

내가 누구인지 물어볼 시간조차 없도록 만드는 건 얼마
나 쉬운가.

신념 뒤에 숨는 것도 너무 쉽다.

겹겹이 쌓인 환상을 피난처로 삼아

모든 질문에 답해 주는 듯 보이는 하나의 이야기 속에

자신을 맡겨버리고,

두려움이 자랄 수 있는 모든 공간을 채워버리는 일은 얼
마나 쉬운가.

벌거벗은 채 텅 빈 상태로 서 있으려면 용기가 필요
하다.
산만함에 빠지지도, 무언가에 기대지도 않고
현실의 차가운 공기가 피부에 닿는 것을 느끼며,
황량해 보이는 광야를 바라보며 스스로에게 묻는다.
"나는 어디에 있는가? 여기서 무엇을 하고 있는가?"

잠시 기다려라. 그 자리에 굳건히 서 있어라. 곧 익숙해
질 것이다.
이 높은 고도는 당신에게 영감을 불어넣을 것이고,
이 차가운 공기는 당신을 깨울 것이고,
이 침묵은 당신을 위로할 것이다.
이 고독은 당신을 당신 자신과 다시 연결해주고,
당신을 돌처럼 굳게 만들 것 같은 그 공허는
당신을 따뜻하게 집으로 맞아들일 것이다.

황야는 오아시스다.
도망칠 필요가 없다.

그윽한 빛

왜 젊음의 빛이 사그라드는 것에 맞서 싸우려 하는가?

멈출 수 없는 흐름을 왜 붙잡아두려 하는가?

당신이 지친 이유는 너무 세게 매달리고 있기 때문이다.

당신 얼굴에 새겨진 주름은 나이가 아니라

긴장이 새긴 흔적이다.

설령 당신의 모습이 조금 달라졌더라도,

표면이 약간 닳고 거칠어졌더라도,

당신의 존재는 경험과 이해를 자양분으로

더 깊고 풍요로워졌다.

이제는 또 다른 빛이 당신 안에서 흘러나오고 있다.

가을 햇살 같은 충만하고 그윽한 빛,

이 빛은 번쩍이는 청춘의 광채보다

더 멀리 퍼지고,

더 깊이 스며든다.

왜 꺼져가는 불빛을 되살리려 애쓰는가?
이 빛이 흘러나오도록 두는 건 어떤가?

변화는 거부하면 쇠락하지만,
받아들이고 그 흐름에 몸을 맡기면
성숙과 회복을 가져다준다.

요새

당신은 요새를 쌓아올리려고 했다.
내면의 공간을 점령하고
벽돌 하나하나를 쌓아
마침내 완전하고 난공불락의 존재가 되어
세상에 당당히 맞설 만큼 강인해지리라고.

하지만 이제 당신도 안다.
그 모든 것이 착각이었다는 것을.
너무 많은 것을 짊어진 나머지
몸은 움직이기조차 힘들고,
마음은 수많은 정체성으로 가득 차
자신의 중심과의 접촉을 잃었으며,
경계는 너무 두껍고 단단해져
영혼이 질식하고 있다는 것을.

그러나 영혼의 짐을 덜어낼 시간은

아직 남아 있다.

미련을 모두 버려라.

벽돌 하나하나씩 해체하듯 요새를 허물어라.

다시 아무것도 아닌 상태로

스스로를 허물어라.

당신이 언제나 그러했듯,

텅 빈 본래 자리로 돌아가라.

태초의 영혼

처음에 당신은 그 무엇도 아니었다.

태초의 영혼, 존재의 열린 공간에 불과했다.

그러다 그들이 황야에서 당신을 발견했다.

그들은 당신을 도시로 데려가 문명을 가르치고

당신에게 정체성을 만들어주었다.

자기들의 표식과 신호를 가르치고

종교와 국적을 부여하며,

지켜야 할 규칙이 적힌 목록을 건넸다.

그들은 고대의 전통을 보여주며

그것을 지키는 것이 당신의 의무라고 말했다.

당신에게 역사와 운명을 들려주며

당신을 자신들의 이야기 속 등장인물로 만들었다.

형제자매가 누구인지 가리켜주고

당신이 그들과 다른 특별한 존재라고 말하며,

자부심과 충성심을 느끼도록 가르쳤다.

그리고 다른 규칙과 전통을 가진 이들,

다른 표식과 신호를 지닌 이들을 경계하라고 했다.

그들의 삶은 당신의 삶보다 덜 소중하다고.

마침내 그들은 만족했다.

당신이 완전히 그들에게 속하게 되었다고 느꼈기 때문

이다.

하지만 그것은 사실이 아니다.

때때로 먼 곳에서 바람에 실려 오는 아득한 목소리의 속

삭임처럼

당신은 내면 깊숙한 곳에서 느낀다.

그 아련한 태초의 기억과 돌아가고픈 그리움을,

태초의 그 열린 공간이 아직 그곳에 있음을 당신은 알고

있다.

겹겹이 쌓인 그 정체성 아래로

파괴될 수 없고 변하지 않은 채.

어쩌면 이제 당신은 스스로를 되찾을 만큼 충분히 강해
졌는지도 모른다.
어쩌면 다시 아이가 될 수 있을 만큼 성숙해졌는지도 모
른다.

그러니 이제 그 이야기에서 걸어 나와
그 고대의 규칙들로부터 스스로를 면제하고,
낡은 전통들을 벗어던져라.
과거와 미래로부터 자유로워졌음을 선언하라.
발견해야 할 당신만의 여정과
창조해야 할 당신만의 현실이 있다.

사람들에게 말하라.
당신은 여전히 그들과 함께한다고.
다만 그들 모두가 속해 있는 더 큰 무리의 일원일 뿐이
라고.
이 무리는 어떤 규칙이나 경계도 없고,
누구도 따돌리지 않고 모두 끌어안는다고.

또 사람들에게 말하라.

인류가 더 이상 분열된 채로 남아 있어선 안 된다고.

우리의 부서진 파편들이 이미 세상에 너무 많은 상처를
입혔다고.

그리고 사람들에게 말하라.

당신에게는 새로운 눈이 생겼다고.

출렁이는 파도 아래로 하나됨의 깊은 바다를 볼 수 있는
눈이.

그리고 다시 황야로 돌아가라. 벌거벗고 텅 빈 채로.

그런 다음 태초의 기쁨으로 춤을 추어라.

하나에서 시작된 우리

우리가 어떻게 따로일 수 있을까?

몸과 영혼 모두 본질이 같고,

똑같은 원자들의 집합이며,

똑같은 영혼의 힘이 흐르는데.

아이들처럼 살자.

그 존재가

분별로 채워지기에는

너무 비어 있고,

편견으로 닫히기에는

너무 열려 있으며,

개념으로 막히기에는

너무 유연한 아이들처럼.

너무 온전하고 깊이 연결되어 있어

정체성의 요새를 세울 필요조차 없는 상태로.

우리를 갈라놓는 것은 무엇인가?

정체성이라는 환상,

오직 분별이라는 환상뿐이다.

죽음, 그 신비한 이방인

당신은 알고 있다.

그 신비로운 이방인이 당신을 데리러 오고 있다는 것을.

그 시간이 약속되어 있다는 것도 알고 있다.

다만 언제인지 모를 뿐.

때때로 그가 제 할 일을 하려고 주변에 나타나는 것을
본다.

하지만 당신은 그의 시선을 피하고, 그가 말을 걸어도
응답하지 않으려 한다.

이곳에는 당신이 사랑하는 것이 너무도 많다.

아끼고 사랑하는 수많은 사람과 장소, 즐거움이 있고,

이루지 못한 목표와 완수하지 못한 야망도 아직 많이 남
아 있다.

그런데 왜 떠나고 싶겠는가?

아마 그를 잊는 법을 배우면 그도 당신을 잊을 거라 생
각할지도 모른다.

하지만 회피는 두려움을 더 키울 뿐이다.

느끼기에는 너무 미묘한 두려움이

독가스처럼 서서히 당신 존재 전체로 퍼져

생각마다 불안으로 물들인다.

마음 한구석에 자기 소멸에 대한 두려움이

모든 소리를 의심으로 만들고,

모든 움직임을 위협으로 만들며,

모든 순간을 버거운 짐처럼 느끼게 한다.

그 사이 신비로운 이방인은

아무렇지 않게 걸어 다닌다.

태연하고, 무심하며, 당신의 존재를 거의 의식하지도 않

은 채.

이제 더 이상 그를 외면하지 말라.

이방인을 향해 돌아서 그를 껴안고,

당신 곁에서 걷게 하라.

그러면 그는 자신의 본모습을 드러낼 것이다.

그는 관점을 바꾸는 힘과

새로운 의미를 부여하는 마법으로

당신의 삶을 바꾸어 놓을 마법사다.

무기력을 목적 있는 삶으로,
차갑게 굳은 시간을 빛나는 순간으로 바꾸고,
지친 노인의 단조로운 세상을
아이의 새롭고 경이로운 세계로 바꾸는 자다.

마침내 그 신비한 이방인이 당신을 향해 돌아서 고개를
끄덕일 때,
당신은 죽음과 싸우지 않고 기꺼이 따라나설 것이다.
그리고 경계를 넘어 그의 낯선 왕국으로 들어설 때,
분별과 견고함이 녹아 사라지고,
가장 부드럽고 가장 맑은 빛이 당신을 감싸며,
새로운 차원들이 사방에 펼쳐진다.
그 차원들은 당신을 새로운 앎으로 가득 채울 것이다.
어쩌면 언제나 당신 안에 있던 앎으로.

그 순간 당신은 고요히 미소 짓는다.
이 왕국이 당신의 집이라는 것을,

그리고 이 여정이 결코 끝나지 않을 것임을 깨닫기 때문
이다.

위대한 독재자

마음속에 갑작스레 찾아든 충격의 침묵.

늘 존재하던 수다,

늘 존재하던 압박,

늘 존재하던 에고로 붐비던 시끄러운 강당에

갑자기 찾아온 부재와

완전한 공허.

당신의 어깨 위에 바짝 붙어 서서

평가하고, 비판하며, 온갖 충동에 간섭하고

모든 상황을 왜곡하며

당신의 삶을 지배하던 미치광이 독재자가

적어도 지금은 신기하게도 사라졌다.

그의 거대한 왕궁은 갑자기 텅 비고,

그의 화려한 침대는 정돈되지 않은 채 남아 있으며,

그의 호화로운 아침식사는 반쯤 먹다 만 채 놓여 있고,

그의 관료들은 나라를 떠났다.

압제의 무겁고 눅눅한 공기가 걷히고,
불신과 공포로 날 서 있던 공기는
이제 부드럽고 가볍게 당신의 얼굴을 스친다.
꽉 쥔 주먹처럼 단단히 웅크리고 있던 당신의 존재는
긴장이 풀리며 자유롭게 흐르는 공간으로 열린다.

이제 당신은 자유다.
자아의 경계를 넘어 스며드는 이 낯선 고요를 음미할 수
있다.
소음의 부재를 넘어선 이 침묵,
행위의 부재를 넘어선 이 정지,
살아 있는 침묵의 고요,
미묘한 에너지들로 소용돌이치는
힘의 장場.

어쩌면 독재자는 다시 권좌로 돌아올지도 모른다.
혹은 또 다른 광인이 그 자리를 대신할지도 모른다.

하지만 이제 당신이 그 침묵을 느꼈으니,

당신이 얼마나 넓고 고요한 존재인지 알게 되었으니,

삶은 결코 예전과 같지 않을 것이다.

독재자는 다시는 당신을 완전히 지배하지 못할 것이다.

당신의 일부는 언제나 그의 손이 닿지 않는 곳에 있을

테니까.

자유는 항상 당신의 내면에서 은은하게 빛날 것이다.

죽음의 부드러운 흔들림
(이안 스미스에게 바칩니다)

어찌 그리 급하게 떠나가셨을까?

아무 말도 남기지 않고 밤사이 미끄러지듯 떠나가니

남겨진 우리만 허탈하게

당신이 채우던 그 자리를 멍하니 바라본다.

어떻게 받아들여야 할까?

당신을 찾아낼 방법도,

다시 데려와 책임을 다하게 만들 방법도 없다는 사실을.

어떻게 받아들여야 할까?

수많은 비밀통로와 구불구불한 복도,

우리가 함께 머물 수 있도록 내주었던 수많은 방들로 이
루어진

당신의 삶이라는 거대한 저택이

하룻밤 사이 아무 흔적도 없이

마치 처음부터 존재하지 않았던 것처럼 사라져버렸다

는 사실을.

하지만 이 슬픔 아래에는 묘한 환희가 감돈다.

연민이 섞인 기쁨.

나는 느낀다.

아주 부드러운 흔들림을.

멀리 떠난 배에서 전해져 오는 물결의 일렁임처럼.

내 주변 어딘가 보이지 않는 곳에서

당신의 의식이 녹아내리고,

당신의 정체성이 천천히 퍼져 나가며,

하나의 점으로 고정되어 있던 당신이 얼음처럼 녹아

바다로 흘러들고 있음을 느낀다.

그리고 나는 느낀다.

예상치 못했던 이 여정 앞에 선 당신의 즐거움을,

모든 것에 이르는 길 위를 지나가며 짓는

경외에 찬 당신의 황홀한 표정을.

짐 내려놓기

당신은

자기 자신을 내려놓을 준비가 되었는가?

집착을 털어내고,

자신의 지위와 성공을 내려놓고,

욕망이 더 이상 당신을 끌고 가지 않도록 놓아줄 준비가

되었는가?

평생에 걸쳐 쌓아온 이 축적의 프로젝트에서 한 걸음 물

러나

당신의 제국이 무너지는 것을 지켜볼 준비가 되었는가?

언젠가는 좋든 싫든 내려놓아야 할 날이 온다.

그러니 지금부터 준비하라.

곧 떠날 것을 아는 여행자가

인연을 정리하고 맡고 있던 일을 넘겨주고,

가진 것들을 나누어주기 시작하듯이.

그리하여 떠나는 날이 왔을 때

남겨두고 가야 할 것들에 매달리지 않게 하라.

당신의 영혼이 그리움으로 찢기거나

쓸쓸한 후회에 짓눌리지 않게 하라.

그 대신 텅 비어 있고, 평화롭고, 가벼운 상태로

자유롭게 떠오를 준비가 되어 있도록.

나무들 1

맹세컨대 그 나무들이 나에게 말을 걸어왔다.

역 담장 위로 드리운 큰 참나무 두 그루.

기차가 잠시 정차하는 동안

그 잎사귀들은 짙은 초록으로 빛나고

가지는 나긋하게 흔들리고 있었다.

그들은 마치 고요하고 평온한 현자처럼

더 오래된 세상과 이어져 있었다.

그들은 이렇게 말하고 있었다.

"서두르지 마라.

손이 닿지 않는 것을 잡으려 애쓰지 마라.

빛을 너무 맹렬히 좇다 보면

발을 헛디뎌 뿌리째 뽑히고 말 것이다.

태양이 너에게로 오기를 기다려라."

그들은 잠시 멈추었다가 다시 속삭였다.

"미래에 마음이 흔들리지 마라.

현재에는 누구나 누릴 수 있는 충분한 행복이 있다.

앞만 보지 말고 주변을 둘러보아라.

받아들이고 만족하라."

기차는 나를 다시 데려갔다.

우리는 곧 선로 위를 질주했지만,

내 마음은 움직이지 않고

나무들과 함께 그곳에 고요히 머물렀다.

나는 끝없이 감사하다

"이제 인생이 어떤 것인지 알게 되었는데
그래도 다시 태어나기를 선택하겠어?"
어느 날 비관적인 친구가 물었다.
"물론이지."
내 말에 친구는 놀란 듯 보였다.

오늘 아침, 나는 그 질문을 다시 음미한다.
내 안을 올바름과 긍정으로 가득 채우는
이 황홀한 가을 아침,
온 세상을 투명하게 만드는
찬란한 별빛 같은 이 아침의 햇살,
의식 그 자체의 매끄럽고 고요한 순수함을 닮은
완벽을 넘어선 이 푸른 하늘,
그리고 새봄의 어린 양들처럼 서로 부대끼고 장난치며
포말처럼 피어나고 합쳐지는 구름들.

그렇다. 나는 태어났음에 감사한다.

이 짧은 삶이라는 선물을 받아

시간과 공간의 손님으로 초대받고

이 풍요롭고 아름다운 세상에 환대를 받으며 머물 수 있

음에,

물질의 달콤함과

형상과 육신의 단단함을 경험할 수 있음에 감사한다.

그리고 나는 끝없이 감사하다.

영원한 존재로서

결코 태어난 적 없고,

결코 죽지 않은 것에.

나는 자유인이다

(나의 선조들에게)

수세기의 어둠을 지나

나는 빛 속에 서 있다.

수세기의 감옥에서 나와

나는 풀려났다.

나는 자유인이다.

노예들의 긴 계보의 끝에 서 있는 존재,

방직공과 광부들,

한낮의 햇빛을 알지 못한 채 살아가던 사람들,

퀴퀴한 공기 속에서 땀 흘리며,

직조기의 덜컹이는 소음에 귀가 멀고,

폐는 목화 먼지로 가득 차고,

서로를 흔들어 잠을 쫓던 이들,

(잠들면 다시는 깨어나지 못했기에),

그리고 위험으로 숨 막히던 어둠 속에서

광맥을 긁어내며 서서히 질식해 가던
지하세계를 떠돌던 그림자들.

그들 이전에는 농노와 소작농들이 있었다.
겨울 내내 추위에 떨며 굶주리고,
쟁기와 낫 위에 몸을 굽힌 채
주인의 땅 한 조각에 사슬로 묶여
기약 없는 세기를 버티며
영주와 왕들에 의해 가축처럼 끌려다니며
자신의 밭과 가족을 썩게 버려두고
한줌의 땅을 차지하러 전쟁터로 내몰린 사람들.

질병과 죽음에 시달린 세대들,
두려움과 상실로 트라우마를 입은 세대들,
아이를 땅에 묻고 무너져내린 부모들,
고아가 되어 무감각해지고 상처 입은 아이들,
잔혹한 세상 앞에서 무방비로 놓여 있던 존재들.

가능성으로 가득한 세상이

작고 어두운 지옥으로 쪼그라들고,
강물처럼 깊고 풍요로운 영혼들은
진흙탕 웅덩이처럼 말라붙었다.

자유가 항상 편한 것만은 아니다.
너무 많은 선택지는 오히려 혼란을 낳고,
너무 탁 트인 공간은 세상 앞에 벌거벗은 느낌을 준다.
전쟁이 끝난 후에 병사들처럼
침묵과 고요 앞에서 불안해질 수도 있다.
어쩌면 당신은 이런 자유를 누릴 자격이 없다고
느낄지도 모른다.

하지만 우리가 할 수 있는 일은
수세기를 견디며 볕이 드는 이 창을 열어준 선조들에게
감사하는 것뿐이다.
그리고 이 자유를 누림으로써
그에 합당해지는 것이다.

우리는 그들에게 빚진 이 자유를 낭비해선 안 된다.

결코 당연한 것으로 여겨서도 안 된다.

신선한 공기와 햇살에 항상 감사하고,

무언가를 하는 자유뿐 아니라 그저 존재하는 자유를,

가던 길을 멈추고 바라보며 머무를 자유를,

그리고 무엇보다 무언가가 될 수 있는 자유를,

그들에게 닫혀 있던 깊이를 탐색할 수 있는 자유를,

그들 안에 막혀 있던 가능성을 풀어놓는다.

우리가 할 수 있는 만큼 가능한 한 빠르게,

가능한 한 멀리 흐르도록 자신의 자유를 허락한다.

아직도 다른 이들의 삶을 채우고 있는

그 어둠을 조금이라도 밝히기 위해서.

놀이

새해 전야, 언덕 위에 서서
파도처럼 부서지며 흩어지는 구름을 바라본다.
보름달은 그 사이로 들락거리며
눈부시게 아름다운 얼굴을 보여주었다가
이내 수줍은 듯 다시 숨는다.

잠시 창백한 회색 하늘이 펼쳐졌다가
이내 틈이 열리고 순식간에 구름들은 장엄해진다.
마치 거대한 여신이 구름 사이로 살짝 나타나
하얀 광휘를 쏟아붓는 것처럼.
그러다 거대한 문이 쾅 하고 닫히며
빛은 갑작스레 사라진다.

나는 마치 사바나의 덤불 뒤에 숨어서
두 마리의 동물이 이국적인 유희를 벌이는

장엄한 의식을 지켜보는 듯하다.

사냥이거나, 짝짓기이거나, 어쩌면 둘 다인지 모를

달과 구름의 놀이.

'이런 장관을 지켜보다니 얼마나 놀라운 일인가.'

나는 생각한다.

그러다 갑자기 거리가 무너져내리고

내 영혼은 액체가 된 듯 녹아내려

공간 속으로 펼쳐지며 뻗어나간다.

나는 여전히 땅에 발을 딛고 있음에도

구름만큼 높고,

구름 사이의 간격만큼 넓게 떠 있다.

그런데도 나는 여전히 땅에 뿌리를 내리고 있다.

더 이상 고개를 들어 올려다볼 필요도,

지켜볼 필요도 없다.

여기에는 바라볼 이도 없고

구경꾼도 없다.

오직 놀이만이 있을 뿐.

아무것도 없이 행복할 수 있는가?

아무것도 없이 행복할 수 있는가?

행복을 미리 그려보지 않고,

불행으로부터 도망치기 위한 유흥이나 활동 없이도?

성공을 약속하며 당신을 들뜨게 하는

계획들 없이도?

행복에 점점 가까워지고 있다고 환상을 심어주는

계획들 없이도?

더 많은 것을 소유하려 애쓰거나

더 높은 지위에 오르려 애쓰거나

부와 명성을 과시하며

타인에게, 그리고 자기 자신에게조차

내가 그들보다 더 행복하다고 증명하려 애쓰지 않고도?

만약 그렇지 못하다면,

당신의 행복은 빌려온 것에 불과하다.

피상적이고 얕은 행복.

담요처럼 잠시 덮었다가 금세 걷어가버리면

당신은 추위와 공허 속에서 또다시 무언가를 갈망하게

된다.

하지만 아무것 없이도 행복할 수 있다.

원인이 필요 없는 행복이 있다.

소비하거나 모으는 데서 오지 않는 행복.

속이거나 실망시키거나

금세 사라지지 않는 행복.

존재 그 자체의 행복.

그저 존재하며 언제나 거기 있는 행복.

온전함에서 우러나오는 깊고 풍요로운 빛,

본성이 기쁨인 부드럽고 미묘한 에너지.

당신으로부터 꾸준히 솟아나오는 샘물과 같다.

그 행복은 좇을 필요가 없고,

애써 추구할 필요 없이
그저 드러내기만 하면 된다.
잡으려 애쓸 필요 없이
그저 허락하기만 하면 된다.

자기 바깥으로 한 걸음

당신은 우주의 중심이 아니다.

어찌 당신의 문제가 그토록 중요하다고 할 수 있을까?

당신 주위에는 무한한 공간이 둘러싸여 있고,

당신의 앞과 뒤로는 무한한 시간이 흐르고 있고,

당신과 마찬가지로 이 고투를 함께하는 70억 명의 다른

영혼들이 있는데.

각자 하나의 중심으로,

각자의 관점과 문제를 지닌 채

그 중요함이 당신의 것에 못지않은데.

자기 바깥으로 한 걸음 나아가

어질러진 이 방을 치우고

창문을 활짝 열어

바람이 당신을 통과하게 하라.

한 걸음 물러서서

당신의 고통보다 더 강력한 힘이 당신을 이끌도록 허락

하라.

당신을 이 비좁은 현실 위로 끌어올리는

대의에 자신을 맡겨라.

그러면 마음의 소란으로 가득하던 이 세계는

거의 아무것도 아닌 듯 작아지고,

당신의 존재는 펼쳐지고 뻗어나가 세상의 모든 것이

된다.

그때 당신은 더 이상 우주의 중심이 아니라,

흘러가며 발현되는 전체가 된다.

다시 태어나는 세상

세상은 매순간 새로 태어난다.

기적처럼 무無에서 나타나

낯선 아름다움으로 빛나는,

신선하고 새롭게 창조된 무명의 세상.

이름도 없고 생각에 물들지 않고,

아직 조각되거나 이름 붙여지지 않고,

개념과 범주로 생기를 잃지 않은,

그저 날것 그대로의 세상.

세상을 낡게 만드는 것은 오직 우리의 마음이다.

마음이 습관과 기억을 덧붙이고,

진부한 가정을 갖다 붙이고,

마침내 시간마저 지치게 만들어

하루하루를 권태로 축 늘어지게 한다.

하지만 세상이 다시 태어날 때 우리도 다시 태어난다.

모든 순간은 새로운 시작이고,

과거로부터의 사면이며,

우리 자신을 다시 재창조할 기회다.

한계에서 벗어나 스스로를 흔들어 자유로워지고,

이 밝고 새로운 세계를 탐험할 기회다.

우주의 시작

두 연인이 만나

두 개의 세포가 하나로 합쳐질 때

작은 빅뱅이 일어나고

하나의 우주가 시작된다.

그 일은 별 의미 없어 보일지도 모른다.

쾌락을 찾아 나선 두 낯선 이의 만남,

술 취한 이들의 하룻밤의 장난,

권태에 젖은 주부의 의무적 잠자리처럼 보일 수도 있다.

하지만 실제로 그들은 두 신神이다.

새로운 현실을 창조하고,

경외로운 책임을 지며,

돌보고 지켜야 할 하나의 세계를 만들어낸다.

기체가 고체로 굳고, 원자가 모여들며,
의식은 빛으로 가득한 공허 속으로 퍼져나간다.
그리고 서서히 우주는 형태와 모습을 갖추고,
팽창하며 점차 안착한다.

모든 우주는 하나의 실험이다.
행성과 은하의 새로운 그물,
새로운 패턴과 가능성을 엮어
새로운 자연의 법칙을 창조한다.

모든 우주는 하나의 모험이다.
미지의 시간과 공간으로의 여행,
조심스러운 첫걸음과 길을 개척하는 경로들이
서로 부딪히고 교차한다.

그리고 모든 우주는 하나의 신비다.
숨겨진 틈새와 터널들로 가득하고,
보이지 않는 에너지로 들끓으며,
무한하고 어두운 잠재력을 품고 있다.

그리고 팽창이 잦아들기 무섭게
엔트로피의 느린 움직임이 시작된다.
연결은 약해지고, 파편들은 흩어지며,
마침내 유기체 전체가 무너지고 붕괴한다.

느린 쇠락이든, 거대한 붕괴이든,
다시 한 번 공허의 고요가 찾아온다.

나무들 2

나무 사이로 걸으면 마음이 달래진다.

그들의 뿌리가 얽힌 길을 따라

낙엽으로 덮인 바닥을 밟으며

그들이 편안한 숨결로 공기를 채우는 것을 느낄 때,

나는 마치 짙고 풍성한 초록의 연못에 몸을 맡긴 채 떠

있는 듯하다.

하지만 아주 미묘한 슬픔도 함께 느낀다.

한때 이 세상은 나무들의 것이었다.

우리는 그저 손님이었다.

지금의 나처럼

나무 그늘 아래를 걸으며

아기처럼 그들의 열매를 받아먹었다.

하늘은 나뭇가지 사이로만 보였다.

나무는 생명의 근원, 다정한 어머니였다.

나무를 숭배할 수 있었는데

어째서 신이 필요했을까?

하지만 우리는 자율성에 굶주려

그들이 내어주던 쉬운 열매를 거부했다.

나무의 그늘에서 벗어나 땅을 밀고

그 땅에서 작물을 키웠다.

힘들이지 않고 땅을 지배하는 그들을 질투해서

마치 콜럼버스가 신대륙을 가로지르듯

우리는 나무들을 베어내고 불태웠다.

그리고 우리 발아래 너무도 쉽게 쓰러지는 그들의 모습

에 놀랐다.

그리고 이제 우리는 이 땅이 우리 것이라 생각한다.

나무들은 무심해 보인다.

그 슬픔은 그들의 것이 아니라 나의 몫이다.

그들은 시간이 있고, 기다릴 수 있다.

그 자율성은 착각일 뿐이며,

나눔 없이는 정체성이 존재할 수 없음을

우리가 언젠가 깨달을 때까지.

혹은 우리가 여전히 그들의 손님이라는 사실을 기억해낼 때까지.

아니면 끝내 기억하지 못한 채 이 세상을 다시 그들에게돌려줄 때까지.

그러면 이 부서진 세상도 시간 속에서 스스로 치유되어태초의 조화로 다시 돌아갈 것이다.

불안

무언가 잘못되었다는 것을 아는데
어찌 행복해질 수 있을까?

설명하기 어려운 불안의 기척이 있다.
집에 혼자 있는데도
누군가 지켜보고 있는 듯한 기분.

모든 것이 제자리에 있는데도
누군가 내 물건을 뒤진 것 같은 기분.

마무리하지 못한 느낌이 있다.
몇 번이고 확인해 보아도,
모든 것이 제자리에 있는 것 같아도,
잊어버린 약속이 있는 것 같고,
끝내지 못한 일이 있는 것 같고,

깜박하고 갚지 못한 빚이 있는 것 같다.

하지만 다시 보라.

잘못된 것은 아무것도 없다.

모든 것은 마땅히 있어야 할 자리에 있다.

걱정할 것도 없고, 고쳐야 할 문제도 없다.

당신은 완전히 안전하며 자유롭다.

시선을 내면으로 돌려라. 불안의 근원은 그곳에 있다.

미친 듯이 맴도는 생각들로 들뜬 마음,

작고 붐비는 술집처럼 숨 막히는 공간,

테이블 사이에 끼어

백 가지의 서로 다른 대화를 한꺼번에 듣고 있는 것

처럼.

속도를 늦추고 잠시 고요해 보라.

그러면 마음은 서서히 가라앉고,

공기는 맑아지며,

벽은 말랑해지고,

불안은 사라지기 시작한다.

그때 느껴보라. 초조함이 어떻게 사라지고,

어떻게 편안함이 열린 창문으로 들어오는 신선한 공기

처럼 당신을 채우는지를.

세상이 얼마나 평온한지,

삶이 얼마나 쉽게 흘러갈 수 있는지를.

그리고 이제 스스로에게 만족해도 된다고 허락하라.

의미

의미는 설명할 수 없다.

생각으로 환원할 수도, 말로 가둘 수도 없다.

기본적인 구성 요소들로 쪼갤 수도 없고,

어떤 기원으로 거슬러 올라가 추적할 수도 없다.

하지만 의미를 보게 되면 당신은 그냥 알게 된다.

그 존재를 완전히 잊고 있던 바로 그때,

고속도로를 혼자 운전하다

누군가가 어깨를 톡 건드린 것처럼

고개를 옆으로 돌리면

그것은 거기에 있다.

저녁 하늘을 가로질러 구름 사이의 공간을 가득 채우며.

당신이 쓰레기를 버리려 문을 열면

그것은 거기에 있다.

나무 사이로 부는 바람에 실려 사각거리며,

연인처럼 부드럽게 당신의 얼굴을 어루만진다.

당신이 빗방울을 맞으려고 고개를 뒤로 젖히면

그것은 거기에 있다.

무수한 은빛 점들로 떨어지며

하늘에서 내려오는 어떤 자비를 실어 나른다.

한밤중에 낯선 소리라도 들은 듯

눈이 번쩍 떠질 때,

그것은 거기에 있다.

방안을 가득 채운 깊은 어둠 속에,

그리고 당신과 당신의 곁에 있는 이를 감싸는

말없는 교감의 은은한 빛 속에.

가장 익숙하면서도 오래 잊고 있던 장소,

어찌면 이전 생에서의 당신의 집.

어머니의 다정한 기운,

그리고 당신을 따뜻하게 감싸 안던 그 품처럼.

낯섦

세상에 너무 익숙해지도록 내버려두지 말라.
살아 있음의 이 순수한 낯섦을 잊지 말라.

지금 여기, 회전하는 이 행성의 표면 위에
서 있다는 것의 그 순수한 낯섦을 잊지 말라.
부드러운 검은 흙을 딛고 서서
대기의 기체 속에 잠겨
머리 위에는 푸른 기운을 띤 하늘이 펼쳐져 있고,
거품처럼 부풀어 오른 수정 같은 구름들이 떠 있는 곳.
우리는 고개를 돌려 열과 빛으로 우리를 어루만지는,
불타는 황금빛 태양을 마주한다.

그러다 어느 순간, 푸른 하늘은 점차 검은빛으로 물들며
광활하고 텅 비어 있으면서도 충만한 우주의 깊이를 드
러낸다.

이 몸으로 존재한다는 그 낯섦을 잊지 말라.

숨 쉬고, 눈을 깜박이며,

스스로를 치유하고 성장하는 이 몸.

정교함과 복잡성이 빚어낸 기적,

끊임없이 움직이는 이루어진 도시

그 안에서 수백만 미세한 과정들이 서로 얽히고,

수백만의 작은 생명체들이

당신이라는 더 큰 공동의 선을 위해 일한다.

오직 당신이 의식 속에 머물고 살아 있도록 하기 위해.

또 잊지 말라. 마치 유령 같은 자아가 이 몸 안에 살고 있

는 듯한 그 낯섦을.

당신의 형태에 붙어 당신의 눈을 통해 세상을 바라보고,

논리의 그물을 짜고 추상적인 또 다른 세계를 만들어

내며,

자기 자신으로 돌아가 끝없이 넓은 의식으로

확장되기도 하는 이 존재.

이 형상의 세계가 지닌 그 깊은 낯섦을 잊지 말라.

물질이 의식과 함께 고동치고,

빛의 파동 속에서 반짝이며,

똑같은 풍요로운 근원, 똑같은 근본적 주제에서

서로 다른 주파수로 울리는

하나의 본질적인 소리로부터 무한한 표현과 변주로 펼

쳐지는 이 세계를.

포효하며 들끓는 이 생명의 물결,

지금 이 순간의 눈부신 드러남,

이름 붙일 수 없는 실재의 경이로운 존재함.

그리고 이 낯섦이 더욱 놀라운 이유는

그것이 적대적이거나 무심해서가 아니다.

오히려 어딘가 옳고, 어딘가 안심시키며,

어딘가 우리를 따뜻하게 환영하는 것처럼 느껴지기 때

문이다.

마치 늘 계획되어 있던 혼돈처럼,

완벽하게 이해되는 수수께끼처럼,

숨은 조화로 가득한 의미의 소란처럼,

어딘가 장엄하고 조화로운 낯섦.

힘

새벽 4시,

아기를 다시 재우려 애쓰다

방안을 서성인다.

문득 창밖을 본다.

반쯤 드리운 커튼 사이로 보이는

순수하고 원시적인 어둠의 사각형.

수백만 년의 시간을 품고,

수백만 킬로미터의 깊이를 품은 어둠.

우주의 한 조각,

검고, 차갑고, 고요하지만 살아 있는

우주로 이어지는 하나의 통로.

창문을 통해 그 힘이 흘러든다.

걸쭉하고 끈끈하지만

동시에 미묘하고 증기처럼 가볍게

그것은 나를 감싸며 내 안으로 스며든다.

연기처럼 내 몸을 가득 채우며 흐르고,

천천히, 무겁게 나와 섞여

마침내 나 자신이 된다.

그리고 내 안에는 오직 어둠만이 존재한다.

장엄하고 광대하여 거의 두려울 만큼 깊은 어둠.

그러나 그 어둠은 따뜻한 자비로 은은히 빛나고 있다.

완벽한 역설

소음 너머에 깃든 침묵이 들리고
군중 속에서도 공간을 느낄 수 있을 때,
혼돈과 갈등 한가운데서 평화를 감지할 수 있고
추하고 따분한 것 속에서 아름다움을 볼 수 있을 때,

고독이 더 이상 외로움으로 이어지지 않고
비어 있음이 오히려 넘쳐흐르는 듯 느껴질 때,
모든 낯선 이가 익숙해 보이고
모든 낯선 장소가 집처럼 느껴질 때,

그때 당신은 알게 될 것이다.
이원성은 사라졌고,
모순을 넘어
완벽한 역설의 자리로 들어섰다는 것을.
그곳에서는 모든 것이 자연스럽게 의미를 드러낸다.

성공의 종말

이제 성공은 없다. 당신의 기회는 이미 지나갔다.
판사가 당신의 사건을 다시 들여다보지만 여전히 고개
를 젓는다.
이제 당신의 실패는 되돌릴 수 없을 만큼 확정되었다.

사람들은 절대 포기하지 말라고 말했지만 너무 늦었다.
앞으로 나아가려 하면 할수록 당신은 더 깊이 가라앉을
뿐이다.

하지만 이제 앞으로 갈 곳이 더 없기에
멈춰 서서 주위를 둘러볼 수 있는 기회가 온다.
뒤에 있던 길이 사라지는 것을 지켜보라.
그리고 아침 안개를 뚫고 나타나듯 하나의 풍경이 펼쳐
진다.
눈부시고, 신선하며, 의미로 가득 찬 파노라마.

어디에도 방향은 없고 오직 깊이와 공간만이 있다.

그것은 언제나 여기에 있었지만 당신은 보지 못했다.

당신은 한 번도 '여기'에 있지 않았기 때문이다.

그리고 마침내 분명해진다.

충만함은 도달해야 할 장소가 아니라

당신이 찾고 있는 바로 그 자리라는 것을.

온전함은 먼 미래의 목표가 아니라

당신 바로 곁에 있는 현재이며,

얼마나 많은 성공을 쌓아올렸든

얼마나 많은 실패가 뒤따르든

살아 있다는 사실만으로 언제나 충분하다는 것을.

욕망의 종말

당신이 원하는 것이 끝없는 쾌락이나 부,
혹은 명성이라면
당신은 언제나 욕망하게 될 것이다.
그곳에는 평화가 없다.

경험을 곱씹는 동안
잠시의 쉼이 있을 뿐이다.
그리고 다시 같은 불안한 허기,
정신을 좀먹는 불완전함이 찾아온다.
조금 더 강해지고 조금 더 정제된 모습으로.
미각은 더 세련되었고 감각은 그만큼 더 무뎌졌기 때문
이다.

욕망은 수정된 세포와 같다.
끝없이 분열하고 증식하지만,

결코 최종적인 형태에 이르지 못한다.

그것은 당신의 마음을 흩뜨리고 희석시켜

당신을 근원으로부터 더 멀어지게 할 뿐이다.

당신은 욕망의 끝에 도달했다고 생각할지도 모른다.

하지만 안개가 걷히면

이 봉우리가 더 높은 봉우리 아래 놓인 하나의 평지에

불과하다는 사실이 드러난다.

행복을 찾아

세상을 뒤집고

존재하지도 않았던 전설 속 보물을 좇을수록

당신 내면에서 빛나고 있는

평화와 기쁨의 원천에서 멀어질 뿐이다.

아무것도 욕망하지 말라.

오직 욕망의 종말만을 욕망하라.

이 세상과 이 삶을 음미하라

이 세상을 음미하라.

당신의 배는 우연히

이 낯선 섬의 해안에 닿았을 뿐이니.

텅 빈 바다 한가운데서

잠시 정박했을 뿐이니.

이 무성한 숲을 거닐며

이국적인 열매를 맛보는 동안

배가 돛을 올리면 다시 떠나야 할 운명이다.

이 세상을 음미하라.

당신은 이 마을을 지나쳐 가는 나그네일 뿐이니.

집으로 돌아가는 길에

친척 집에 잠깐 들른 방문자처럼

여기 뿌리를 내릴 시간은 없다.

낯선 거리를 걷고

스쳐가는 이들에게 인사를 한다.

그들이 이 마을 사람이라 생각하며.

그러나 자세히 보라.

이곳에서는 모두가 여행자다.

이 삶을 음미하라.

빠르게 흘러가는 강물처럼

지나가고 있으니.

붙잡을 것은 아무것도 없다.

머리 위에 잡을 가지도 없고,

물가 덤불도 붙잡을 수 없다.

할 수 있는 일은 오직 하나,

흐름에 몸을 맡기고 헤엄치며

그 포효와 리듬과 급류 속에서

자신을 맡기는 것뿐이다.

이 삶을 음미하라.

당신은 이미 가장 값진 상을 받았으므로.

도시의 자유를 얻고,

왕국의 열쇠를 받고,

시간과 공간을 가로지르며 평생 유람하고,

경험의 영광을 누리고,

존재의 훈장을 누렸으니.

언젠가 당신은 이것을 다시 돌려주어야 한다.

그리고 그날이 오면 당신은 어떤 쓰라림도 느끼지 않을
것이다.

존재할 수 있었던 그 특권에 대한 감사만이 남을 것
이다.

당신이 축하 속에서 살아왔다면,

감사 속에서 살아왔다면,

이 세상을 음미하며 살아왔다면.

프로젝트

당신이 생각하는 것보다 이 일에는
훨씬 더 많은 의미가 있다.
당신은 스스로 이해할 수 없을 만큼 거대한 어떤 프로젝
트의 일부다.
당신의 삶을 이끄는 충동들은
당신에게서 나오는 것이 아니라 당신을 통해 흐른다.
당신은 근원이 아니라 통로다.

하지만 그 충동은 지금 당신 안을 맑게 흐르지 못하고
있다.
당신이 그 통로를 의심과 두려움으로 막아왔기 때문
이다.
그래서 그 힘은 희석되있고, 메시지는 왜곡되었으며,
당신을 통해 힘차게 흘러가야 할 강물은
머뭇거리고 끊어지는 작은 개울처럼 흐르고 있다.

그러나 이 프로젝트는 방해받기에는 너무도 중요하다.

그 앞을 가로막기에는 너무 많은 것이 달려 있다.

당신 자신의 두려움과 욕망에 사로잡히거나,

실패를 두려워하거나 성공을 경계하거나,

우스워 보일까 걱정하거나 체면을 잃을까 염려하거나,

누가 지켜보고 있는지, 그들이 무엇을 생각하고 있을지

궁금해하거나,

아무도 지켜보지 않는 것 같다고 낙담하거나,

그들이 이해하지 못하는 것 같다고 좌절하기에는.

당신에게 필요한 것은

단 하나다.

당신이 해야 할 일을 하고,

당신이 표현해야 할 것을 표현하는 것.

당신이 한 일이 미칠 영향이나,

그 결과나 사람들의 반응을 예상할 필요 없다.

당신이 본래 되어야 할 존재보다

더 작아지기에는

걸려 있는 것이 너무 많다.

당신 안의 가능성 중 단 하나라도

펼치지 못한 채 남겨두거나

당신의 메시지 중 단 한 조각이라도 말해지지 않은 채

남겨두기에는.

지금은 두려움 없이 나설 시간이다.

그 힘이 당신을 통해 자유롭게 흐를 수 있도록.

지금은 텅 비울 시간이다.

근원이 당신을 완전히 채울 수 있도록.

지금은 한 발 물러설 시간이다.

이 프로젝트가 당신을 통해 펼쳐질 수 있도록.

집으로 돌아가라

집으로 돌아가라.

하늘이 우주만큼 넓게 펼쳐진 곳으로.

구름들이 떠다니며 서로를 부드럽게 어루만지고,

나무들이 바람의 춤추는 전령이 되는 곳으로.

형상은 또렷하고 섬세하며

색채는 가장 투명한 유리로 깎아낸 듯

환하게 빛나는 곳으로.

집으로 돌아가라.

내 안의 편안하고 고요한 에너지로,

흙을 이토록 비옥하게 만드는 지하의 물줄기로,

뿌리들은 한없이 아래로 뻗고

단단하고 안전한 땅속에 닿아 있어

어떤 스트레스와 두려움도

당신을 흔들거나 꺾을 수 없다.

집으로 돌아가라.

시간이 활짝 열리고 거의 멈춘 것처럼 느껴지는 곳으로.

더 이상 애씀도, 갈망도, 심지어 해야 할 일조차 없는 곳
으로.

그저 존재가 매일의 하루를 따라 부드럽게 미끄러지듯
흘러갈 뿐인 곳으로.

그곳에서는 미래의 압박이
퇴각하는 군대처럼 사라지고
현재는 평화 속에 남는다.

본질

당신의 본질은 비어 있음이다.

당신의 본질은 사랑이다.

당신의 본질은 에너지다.

당신의 본질은 지극한 행복이다.

당신의 본질은

현실의 심장부에 있는 순수한 의식의 샘에서 분수처럼

흘러나온다.

당신의 본질은 영원한 힘과 함께 용솟음친다.

이 한 생 동안 잠시 당신이라는 형상을 빌려온 그 힘과

함께.

당신의 본질은 죽지 않는다.

이 형상은 시들고 흩어지겠지만

본질은 다시 근원으로 돌아가

새로이 발현될 것이다.

당신의 본질은

몸 안에도, 몸 밖에도 있고,

시간 안에도, 시간 밖에도 있으며,

세상 안에 있으면서 세상을 넘어선다.

어디에서나 집에 있는 듯 평화 속에 있으며,

당신은 그 모든 곳에 있다.

마음의 중심으로 살아가기

1판 1쇄 인쇄	2026년 3월 10일
1판 1쇄 발행	2026년 3월 25일

지은이	스티브 테일러
엮은이	에크하르트 톨레
옮긴이	김성훈
펴낸이	이선희

책임편집	이선희
편집	이은 구해진
저작권	박지영 형소진 주은수 오서영 조경은
디자인	조아름
광고 디자인	최용화 장미나 이연우
마케팅	정민호 한경화 한민아 이민경 박진희 황승현 김경언 양지연
브랜딩	함유지 함근아 박민재 이송이 김은솔
	박다솔 조다현 김하연 신은서 이준희
제작	강신은 김동욱 이순호
제작처	영신사

펴낸곳	(주)나무의마음
출판등록	2016년 8월 25일 제406-2016-000107호
주소	10881 경기도 파주시 회동길 210
문의전화	031-955-2696(마케팅)
	031-955-2643(편집)
	031-955-8855(팩스)
전자우편	sunny@munhak.com
ISBN	979-11-90457-46-0 03810